François Gagnon

la courte échelle

Les éditions la courte échelle
Montréal • Toronto • Paris

Chrystine Brouillet

Née le 15 février 1958 à Québec, Chrystine Brouillet a publié un premier roman policier en 1982: *Chère voisine* (Quinze éditeur) lui a valu le prix Robert Cliche. Ce premier livre a aussi été édité par Québec-Loisir, France-Loisir et traduit en anglais par General Publishing. L'année suivante, un deuxième livre suivait, *Coups de foudre* (Quinze éditeur).

Par la suite, Chrystine Brouillet a écrit plusieurs textes pour Radio-Canada, quelques nouvelles, tout en tenant une chronique dans la revue *Nuit Blanche*. Elle a aussi écrit pour les enfants: *Un secret bien gardé* (La courte échelle) et *À contre-vent* (Ville-Marie).

Elle rêve de cinéma et de bandes dessinées mais aussi d'enfants qui posent des questions dans le genre de celle-ci: Pourquoi dit-on des couvertures de livres? Les livres, ça ne dort pas...

Philippe Brochard

Philippe Brochard est né à Montréal en 1957. Il a fait ses études en graphisme au Cegep Ahuntsic. Depuis, graphiste et illustrateur, il a collaboré entre autre aux magazines *Croc, Le temps fou* et *Châtelaine*.

Mais c'est surtout la revue de bandes dessinées *Titanic* qui nous l'a révélé comme illustrateur. En janvier 1985, il a participé au XIIe salon international de la bande dessinée à Angoulême, en France.

Les éditions la courte échelle inc.
5243, boul. Saint-Laurent
Montréal (Québec) H2T 1S4

Conception graphique:
Derome design inc.

Dépôt légal, 3e trimestre 1985
Bibliothèque nationale du Québec

Données de catalogage avant publication (Canada)

Brouillet, Chrystine

    Le complot

    (Roman Jeunesse ; 2)
    Pour les jeunes.

    ISBN 2-89021-052-9

    I. Brochard, Philippe, 1957-   . II. Titre. III. Collection.

PS8553.R6846C65 1988   jC843'.54   C86-000204-7
PS9553.R6846C65 1988
PZ23.B76Co 1988

Chrystine Brouillet

LE COMPLOT

Illustrations
de Philippe Brochard

Chapitre I

Si Jean-François Turmel croit m'impressionner avec son walkman, il se trompe! Quand je pense à lui, je pense à un coq. Surtout au cours d'éducation physique: il a coupé les manches de son tee-shirt aux épaules afin qu'on voie bien les muscles de ses bras. C'est inutile, tout le monde sait qu'il peut se battre. L'an dernier, Philippe Boutet l'a provoqué. Résultat: trois points de suture et un poignet foulé. Jean-François, lui, s'est cassé le pouce. Ils avaient l'air intelligent! Je ne pouvais pas les plaindre, ils m'énervent tous les deux.

La semaine dernière, Jean-François voulait nous épater avec ses nouveaux patins à roulettes. Lui qui arrive toujours en retard à l'école avait vingt minutes d'avance; il roulait à toute vitesse dans la cour, freinait à deux pas des filles, pensant leur faire peur (!), éclatait de rire, s'arrêtait de temps à autre pour parler avec ses copains. Vraiment ridicule! J'aurais bien aimé qu'il tombe; malheureusement, Jean-François est un excellent patineur. Je l'ai bien vu à la roulathèque.

Il ne l'avouera pas, mais je suis certaine que son beau-père lui a payé des cours privés. Il lui paye tout! Pour son anniversaire, Jean-François a reçu un mini-ordinateur. Il avait toute la classe à goûter chez lui durant l'après-midi. Même si c'était un peu froid, il paraît qu'ils se sont baignés; la piscine de Jean-François est chauffée jusqu'à la fin septembre. C'est ce que Johanne Savard m'a raconté. Moi, je ne suis pas allée chez Jean-François, il m'énerve trop!

Cette année, il est assis à côté de moi au cours d'initiation aux sciences physiques. Madame Bastien nous a placés par ordre alphabétique afin de se souvenir plus facilement de nos noms. Pour mon malheur, je m'appelle Sophie Tremblay. J'ai demandé à madame Bastien de me changer de place; elle m'a répondu que c'était du caprice et d'attendre un peu. Ce n'est pas elle qui travaille en équipe avec Jean-François Turmel!

Quand nous avons fait les expériences sur les poids, il s'amusait avec la balance en déplaçant le curseur pour fausser les résultats. Je lui ai dit qu'il n'était pas drôle. Il a ri! Pas moi: qui va faire le rapport à remettre lundi au professeur? Sophie-le-poisson. Parce que je n'ai pas envie d'avoir une mauvaise note.

Je trouve injuste de travailler pour deux. Au lieu d'inscrire les étapes de l'expérience, Jean-François dessine; il dessine bien les chats peut-être, mais ce n'est pas la place sur une feuille de graphiques. Je pourrais m'en plaindre à madame Bastien, mais ce n'est pas mon genre: je déteste les chouchous de professeurs. Il ne me reste plus qu'à ignorer Jean-François; je ne lui parle même pas.

Johanne m'a demandé pourquoi j'étais dure avec mon coéquipier. Je lui ai répondu:

— Quand il cessera de se conduire comme un bébé, je lui parlerai. Je n'aime pas les imbéciles.

Elle lui a tout répété; elle est béate d'admiration devant lui parce qu'il a les cheveux blonds. Au cours suivant il m'a dit:

— Alors il paraît que je suis un imbécile?

— Oui.

— Et pourquoi, Mademoiselle-le-génie?

J'ai répliqué:

— Je ne suis pas un génie, mais toi non plus. Et je n'ai pas de temps à perdre avec un gars qui n'a rien d'autre que les cadeaux de son père pour se rendre intéressant.

Jean-François a dit que j'étais jalouse. Moi, jalouse? Il est fou! Je ne lui ai pas répondu et je me suis concentrée sur l'expérience.

On travaille avec du mercure. Je trouve toujours étonnant qu'une si petite quantité de métal soit si lourde. J'aime bien le mercure. C'est très beau. Ma mère m'a dit que c'était le nom d'un dieu romain qui avait les pieds ailés. Le cours allait se terminer quand Jean-François m'a de nouveau adressé la parole; il voulait savoir si je connaissais le dieu Mercure. J'étais surprise puisque j'y pensais justement, mais j'ai répondu très vite:

— Oui, c'est le dieu du commerce. Pourquoi m'en parles-tu?

— Parce qu'il y a une statue dans le bureau de mon beau-père. Je la vois chaque fois que j'y vais. Mercure a un casque avec des ailes. Mais j'aime mieux celui d'Astérix.

— Moi aussi, j'aime assez Astérix. J'ai lu tous les albums sauf le dernier.

Jean-François m'a proposé de me le prêter. J'ai accepté. Je suis sûre qu'il croit avoir réussi à m'amadouer avec son offre; si je veux lire le bouquin, c'est simplement parce que j'adore la bande dessinée.

Seulement, quand j'ai vu toute la classe s'attrouper autour de Jean-François parce qu'il venait de recevoir un walkman, je n'ai plus voulu lire son album. Bande dessinée ou pas. Il est venu vers moi avec son nouveau gadget; je l'ai regardé des pieds à la tête bien lentement; il n'y a rien de tel pour faire perdre son assurance à quelqu'un. Il m'a questionnée:

— Pourquoi me regardes-tu comme ça?

— Pour rien.

Il a haussé le volume de son appareil et m'a demandé si je voulais essayer ses écouteurs. J'ai refusé. J'aimerais bien savoir quel effet produisent les écouteurs, mais je ne voulais pas faire ce plaisir à Jean-François.

— Mais qu'est-ce que je t'ai fait, Sophie Tremblay? Je suis correct avec toi! Ça serait trop te demander d'être un peu plus gentille?

Je ne me suis pas gênée pour lui dire ce que j'avais sur le coeur: j'en avais assez de rédiger les devoirs de physique. Quant à ses méthodes pour se faire des amis en les attirant avec un walkman ou des patins, je les trouvais franchement idiotes. Jean-François a pâli:

— Si j'avais toujours habité cette ville, je ne serais pas obligé de faire tout ce cirque pour que vous me remarquiez. Cela fait maintenant deux ans que je demeure ici et vous commencez seulement à me parler. Même si c'est parce que j'ai un walkman, c'est mieux que rien. Tu aimerais peut-être que je fume, comme Dugas et Boucher? Tu sauras que j'ai déjà pris de la drogue, Sophie Tremblay!

— Et après? Tu peux fumer tant que tu veux, ça ne me dérange pas. Ce qui me dérange, c'est d'être la seule à me taper les devoirs de physique!

Sur un ton très assuré, Jean-François m'a dit:

— Si ce n'est que ça, je le ferai pour la prochaine expérience.

Je ne pouvais pas refuser; il fallait que je le laisse faire puisque je m'étais plainte. Mais ça m'embêtait car j'avais peur qu'on obtienne une mauvaise note. Ce n'est pas que je sois si studieuse (en fait, je n'aime pas tellement l'école) mais je veux travailler en génie nucléaire. Il faut que je réussisse très bien en sciences. L'an prochain, en secondaire IV, nous choisissons notre option: sciences pures ou sciences humaines. Je dois avoir 85 % de moyenne pour être acceptée en maths «enrichies».

Mais j'avais tort de m'inquiéter: nous avons obtenu la note la plus élevée: 93 %. À la fin du cours, j'ai attendu que Jean-François soit seul pour aller lui parler:

— Je suis contente de la note, Jean-François. Tu dois avoir travaillé longtemps?

— Un peu, oui.

Comme il se taisait, je lui ai fait remarquer sèchement:

— Tu voulais que je te parle et maintenant que je le fais, tu réponds à peine.

Il a soupiré et m'a dit d'une drôle de voix:

— Mon chat est mort, hier, et je pense à lui. Je suppose que tu es contente?

— Quoi? Mais pourquoi est-ce que je serais contente?

Jean-François a crié:

— Je le sais que tu me hais!

Confuse, j'ai bafouillé:

— Mais je ne te déteste pas. Et ça ne me fait pas plaisir que ton chat soit mort. Moi aussi, j'aime les chats. Je ne suis pas un monstre!

On a gardé le silence puis, au bout de quelques minutes, j'ai demandé à Jean-François:

— C'est le chat que tu dessinais durant la classe?

— Oui.

— Il était très vieux?

— Non. Il venait d'avoir trois ans.

— Ah. Il a eu un accident?

Jean-François a haussé les épaules:

— Pas vraiment. Il est mort étouffé.

J'ai fait:

— Quoi? Étouffé? Par qui?

— Personne ne l'a étranglé, je le laissais aller jouer dehors parce que je ne voulais pas qu'il s'ennuie. Il courait souvent dans la carrière de sable et il se salissait. Je suppose qu'à force d'avaler des poussières de sable en se lavant, il s'est étouffé.

— Cela m'étonnerait, Jean-François. Tout ce qui pouvait lui arriver avec du sable, c'était que sa vessie soit bloquée par la formation de pierres. Ton chat est mort parce qu'il y avait des produits nocifs dans la carrière. Parles-tu de la carrière Golsbell-Fournier?

— Oui.

— Bah alors, j'ai raison. Il y a des tas de résidus chimiques à cet endroit. Je suis désolée pour ton chat.

Nous avons attendu l'autobus en silence. Quand nous sommes montés, au lieu de m'asseoir seule selon mon habitude, je me suis installée à côté de Jean-François. Je pensais que j'aurais tant de peine si je perdais ma chienne Frimousse. Je descendais avant Jean-François et je lui ai souri en partant:

— À demain.

Chapitre II

Le lendemain, Jean-François m'a montré des photos de son chat. De très bonnes photos: claires, nettes et des couleurs qui semblent vraies. C'est assez rare: je connais très peu de personnes qui maîtrisent la couleur.

Mon frère Pierre a fait plusieurs photos de son amie Isabelle et elles ne sont pas terribles: Isabelle a la figure presque grise. Évidemment, elle n'est pas bronzée dans la vie, mais elle n'est tout de même pas aussi pâle qu'un comprimé d'aspirine. Je critique les photos de mon frère, mais je n'ai pas plus de talent que lui: mes verts sont bruns, mes rouges virent à l'orange: on croirait que je suis daltonienne!

J'ai félicité Jean-François en lui racontant mes déboires photographiques.

— De toute façon, je n'ai absolument pas le sens artistique. Je dessine ou plutôt gribouille comme un enfant de deux ans; je n'ai pas l'oreille musicale et tu sais que la composition française est une véritable épreuve pour moi! Tu t'en tires beaucoup mieux.

— Mais tu es meilleure en sciences.

— C'est facile, j'aime ça.

— Pas moi. Je m'amuse un peu avec mon ordinateur, mais je préfère dessiner. J'y pense, tu n'es jamais venue voir mon ordinateur. Pourquoi?

J'ai éclaté de rire:

— Tu m'énervais trop!

— Et maintenant?

— Je te trouve bizarre.

Jean-François avait l'air surpris:

— Moi, bizarre?

— Oui, tu es soit insupportable, soit très gentil. Je ne comprends pas pourquoi tu veux toujours te battre ou te faire remarquer. C'est énervant.

Jean-François protestait:

— Mais j'avais raison de me battre. Toi aussi d'ailleurs, tu t'es déjà battue.

Un point pour lui; c'est vrai que j'ai déjà fait avaler du sable à Mélanie Hunt. J'ai sourcillé, Jean-François a rigolé:

— Et maintenant, veux-tu venir voir mon ordinateur samedi?

— Oui. Si ma mère accepte. Elle est assez sévère.

— Moi, je peux faire ce que je veux.

Ma mère est toujours partie. Depuis deux semaines, elle est en Floride.

J'ai soupiré:

— Chanceux! Profites-en, ma mère me surveille comme si j'étais un bébé.

La cloche sonnait, nous sommes entrés chacun dans notre salle de cours: nous n'avons ensemble que les cours de français et d'initiation aux sciences physiques. J'ai revu Jean-François à la fin de la journée. On marchait pour aller prendre l'autobus quand le grand Dugas est venu voir Jean-François pour lui proposer de fumer. Il a refusé.

— Tu aimes mieux les filles maintenant?

Jean-François a secoué Dugas par le bras:

— Ferme-toi! Est-ce qu'on se mêle de tes affaires?

J'ai dit d'un air méprisant:

— Ses affaires? Voyons, tout le monde sait ce qu'il vend. Et si tout le monde le sait, le directeur va sûrement l'apprendre. Tu ferais mieux d'abandonner ton trafic, mon vieux, avant d'avoir des problèmes. Ce que j'en dis, c'est pour toi. Tu viens, Jean-François?

Dugas a éclaté de rire comme si j'avais dit une imbécillité; mais je savais très bien que j'avais raison: Dugas et Boucher ne se cachent même pas pour vendre leurs joints. Madame Bastien les a vus. Assez idiots, de plus, pour en proposer au fils d'un prof. Il y a des gens qui n'ont aucun jugement. Dugas nous suivait:

— Jean-François! Tu pourrais parler de certaines personnes à Sophie Tremblay? Elle aurait peut-être la langue moins longue?

— Quelles personnes, Jean-François?

— Rien. Dugas dit n'importe quoi. Parce que j'ai fumé une fois, il pense que je veux recommencer. Oublie-le.

Dans l'autobus, j'ai demandé son numéro de téléphone à Jean-François pour confirmer ma présence samedi. Je l'ai prévenu: maman voudra savoir s'il y aura un adulte chez lui quand j'irai. Avec elle, il faut toujours qu'il y ait un adulte! Jean-François m'a dit que leur bonne serait présente.

— Jennie, c'est une fille qui vient de Vancouver pour apprendre le français. Je l'aime bien. Elle sera là quand tu viendras.

J'étais étonnée; c'était la première fois que je rencontrais quelqu'un qui avait une bonne.

— Vous êtes plusieurs enfants?

— Non, j'ai une demi-soeur, Alexandra. Elle a neuf ans. Mais ma mère est souvent absente; alors Jennie s'occupe des repas.

Quand je suis arrivée à la maison, j'ai parlé de Jean-François à ma mère. Elle a fait la moue:

— J'espère que ton copain ne ressemble pas trop à son père. Je n'aime pas beaucoup monsieur Auclair.

— D'abord, ce n'est pas son père, mais son beau-père. Qu'est-ce que tu as contre lui?

Maman m'a expliqué qu'elle ne connaissait pas monsieur Auclair personnellement;

mais elle s'opposait à son projet avec le comité de protection de l'environnement. Il veut implanter une usine dans la région, mais il se fiche complètement des dangers pour l'écologie. Il a beaucoup d'influence au gouvernement; si le projet est accepté, le comité devra se battre pour obliger monsieur Auclair à prendre des mesures antipollution.

J'ai demandé de quel projet il s'agissait.

— Il veut ériger une usine de transformation de déchets métallurgiques.

— Et c'est dangereux?

— Cela dépend s'il met des dispositifs de sécurité, il ne devrait pas y avoir de problème, mais…

— Mais quoi? (Quand ma mère raconte une histoire, c'est toujours long; elle s'arrête sans cesse.)

— Georges Auclair a déjà installé deux usines près de Montréal et il ne semble pas se soucier des lois. Il en résulte de la pollution chimique. Les gens des environs ne peuvent plus boire d'eau sans la faire bouillir.

— Mais c'est criminel.

— Ce n'est pas si simple. Il y a de très bons avocats dans sa compagnie. Il réussit toujours à obtenir des contrats. Ce qui est plus grave encore, c'est qu'il souhaite implanter son usine près du parc des Trois-Lacs. S'il y déverse des produits nocifs, il n'y aura bientôt plus aucune vie sous-marine. Sans parler des dangers de radioactivité et d'explosion. Imagine qu'un camion chargé de déchets toxiques ait un accident: tout son stock sera répandu dans la nature. Et les dommages seront effrayants.

Devant mon air anxieux, maman m'ébouriffa les cheveux:

— Ne fais pas cette tête, ma belle, ce ne sont pas tes problèmes. Va jouer un peu avant le souper. Tu feras tes devoirs dans la soirée. Eh? À propos, avez-vous eu une bonne note pour votre travail de physique?

— Oui. Jean-François travaille bien quand il veut. On a eu 93 %. Il n'est pas si détestable; il m'a invitée à aller jouer chez lui en fin de semaine: il a un ordinateur!

— Ah bon? Et ses parents? Ils sont d'accord?

— Je suppose, oui.

— Tu demanderas à Jean-François. Je ne veux pas que tu déranges ces gens.

J'ai eu un mouvement d'impatience.

— Mais je ne dérangerai pas, il n'y aura

que Jennie, la bonne. Je me demande pourquoi ils ont une bonne. C'est juste pour les repas. Moi, je me débrouillerais.

Maman a ri:

— Tu te lasserais vite… La mère de Jean-François doit travailler, non?

— Oui, mais toi aussi.

— J'ai des horaires souples et je peux m'organiser avec ton père. Ce n'est pas aussi facile pour tout le monde.

— Peut-être.

Je suis sortie ensuite.

Il faisait beau. J'aime bien le mois d'octobre. On dirait que toute la terre prend une belle couleur dorée. Le soleil est plus doux; quand il éclaire les feuilles rouges, s'il vente un peu, on croirait qu'il y a de l'or dans les arbres. C'est féerique. Sur le terrain, derrière la maison, mon père a planté plusieurs espèces d'arbres: des noyers, du lilas japonais qui sent si bon, un saule pleureur, des bouleaux et des épinettes bleues.

Il y a aussi des érables. Au printemps, nous achetons du beurre d'érable à l'île d'Orléans. Le matin, j'en étends sur mes rôties, j'adore ça. Ma mère aussi, mais elle n'en mange pas souvent car cela fait grossir. Ce n'est pas mon problème: je bouge tout le temps. Il paraît que je suis énervante tant je suis active. Maman dit toujours à papa: «Ce n'est pas une fille que j'ai mise au monde, c'est une tornade!» Papa rit.

Heureusement pour ma mère, mon frère aîné est tranquille. Cela équilibre. Pierre est toujours calme sauf quand il s'agit de son amie: il se rue sur le téléphone, part une heure d'avance à ses rendez-vous. Il s'est acheté une veste de cuir noir et des lunettes, noires aussi, parce qu'Isabelle est un peu punk. Mon père ne comprend rien et dit que c'est vraiment bizarre de tout faire pour s'enlaidir. Je ne suis pas d'accord avec lui: le chandail taché d'Isabelle et son maquillage sont plutôt jolis. Il faut dire que j'adore le mauve et le vert. Et les tissus brillants.

Je suis sortie faire de la bicyclette; en pédalant, je repensais à l'usine de monsieur Auclair. Jean-François pourrait peut-être en parler avec lui et le dissuader.

Chapitre III

Le samedi suivant, en arrivant chez lui, j'ai tout expliqué à Jean-François sur les usines. Il m'a répondu qu'il ne pouvait pas discuter avec son beau-père, puisqu'il ne lui parle jamais. Il le déteste.

— Mais il te donne des cadeaux sans arrêt! Tu es super-gâté.

Jean-François n'a pas relevé ma dernière remarque, il a simplement dit:

— Toi, tu parles avec ton père?

— Mais oui, bien sûr. Même que je parle plus avec mon père qu'avec ma mère. On se ressemble plus.

— Qu'est-ce que vous faites quand vous êtes ensemble?

— On va à la pêche quand il prend des vacances ou les fins de semaine.

— Tu sais pêcher?

Jean-François me regardait comme si j'étais une martienne!

J'ai rigolé:

— Oui, si tu voyais la canne à pêche que j'ai eue en cadeau pour mes treize ans!

Jean-François se taisait; il avait l'air

contrarié. Qu'est-ce qui n'allait pas encore? Je le lui ai demandé mais il ne m'a pas répondu.

Il s'est mordu la lèvre; il se mord toujours la lèvre quand quelque chose le tracasse. Une de ses dents est un peu cassée depuis cet été: un accident de balle-molle; il devait frapper la balle avec le bâton, mais il l'a reçue en pleine figure. On lui a fait quatre points de suture. (Suture: quand j'étais petite, je disais toujours «soudure».) J'ai mis mon doigt sur sa lèvre:

— Est-ce que ça t'a fait très mal quand la balle t'a frappé?

Il a souri; il était fier de parler de sa blessure. J'avoue que je suis comme ça, moi aussi: j'ai parlé assez longtemps de ma cheville cassée. Mon cousin Jocelyn avait dessiné un extra-terrestre sur mon plâtre, mais il ne ressemblait pas beaucoup à E.T. Jean-François m'a expliqué:

— Je n'ai pas tellement eu mal quand j'ai senti la balle; mais c'était douloureux quand je mangeais: j'étais obligé de tout avaler avec des pailles.

— Qu'est-ce que tu mangeais?

— N'importe quoi, même de la viande. Jennie mettait tout dans le mélangeur, elle ajoutait du jus de légumes et j'aspirais la bouillie avec une paille en verre.

— C'était bon?

Jean-François a fait une horrible grimace:

— Non. Mais j'avais faim!

Il a claqué des doigts:

— Je viens d'avoir une idée: si on tordait du verre?

— Tordre du verre?

— Oui, j'ai un petit brûleur à alcool. Si on fait chauffer une paille de verre au-dessus de la flamme, elle plie: on peut lui donner la forme qu'on désire. J'ai déjà fait une paille à huit spirales.

— Ce n'est pas dangereux?

— Tu as peur?

J'ai protesté:

— Moi? Non. Je n'ai peur de rien.

Nous sommes descendus au sous-sol de leur maison. C'est immense. Je n'en croyais pas mes yeux: Jean-François a un laboratoire de chimie! Il y avait des fioles de toutes les grandeurs et des tas de poudres. Il est vraiment chanceux! Je ne parlerai probablement pas du laboratoire à ma mère; elle trouverait encore que nous sommes trop jeunes pour manipuler des produits

dangereux.

Parfois, j'ai l'impression que ma mère oublie que je vais avoir quatorze ans dans cinq mois. Pourtant, la soeur de Jean-François, Alexandra, est venue nous voir dans l'atelier et Jennie n'a rien dit. Jean-François m'a précisé cependant qu'Alexandra n'a pas le droit d'y venir seule, ni de toucher aux produits.

N'empêche, c'est vraiment plus décontracté chez Jean-François; il faut dire que si ma mère était aussi en voyage, ce serait différent chez nous. Quand mes parents partent en vacances, c'est tante Aline qui vient nous garder: on se couche plus tard et elle nous fait des frites et de la pizza. J'adore! Et du gâteau aux ananas.

J'ai eu beaucoup de plaisir à tordre les pailles de verre, j'en ai rapporté une très longue chez moi; j'ai raconté que Jean-François en avait reçu deux en cadeau. C'est pourquoi il m'en avait donné une. J'ai hâte de boire du lait; ce sera amusant de le voir tourbillonner à travers le verre!

J'ai passé un bel après-midi. Jean-François est énervant seulement quand il y a du monde et qu'il veut se faire remarquer.

Chapitre IV

Aujourd'hui, Jean-François m'a confié qu'il avait essayé de discuter avec son beau-père.

— Il m'a dit que tu ne savais vraiment pas de quoi tu parlais.

J'étais furieuse:

— Mais je te jure, c'est vraiment dangereux, je…

Je n'ai pas pu terminer ma phrase, madame Bastien m'a interrompue:

— Sophie et Jean-François, si ce que je vous enseigne ne vous intéresse pas, veuillez tout de même garder le silence!

Madame Bastien est vraiment susceptible; je ne vois pas pourquoi elle s'énerve comme ça: nous parlions à voix basse. Nous avons été obligés d'attendre la fin du cours pour reprendre notre conversation. J'aurais pu lui écrire des billets, mais c'est trop long. Nous commencions à parler quand Mélanie Hunt s'est mise à ricaner:

— Eh, Sophie! C'est le grand amour avec Jean-François Turmel?

La reine des emmerdeuses, c'est elle! Je

l'aurais étripée. Jean-François a rougi et s'est éloigné de moi aussitôt. J'avais l'air d'une dinde, plantée là au milieu de la place. J'aurais voulu répondre à Mélanie; mais je ne voulais pas non plus avoir l'air de prendre sa remarque trop au sérieux et de me défendre. Elle ne perd rien pour attendre.

Elle n'a pas attendu longtemps: à la cafétéria, Mélanie s'est assise à côté de Jacques Beaulieu. Je lui ai lancé, assez fort pour que tout le monde entende:

— Et alors? Toi aussi, tu es amoureuse? Du beau Jacques?

Elle a vu comme c'est agréable, ce genre de petite réflexion stupide. Je trouvais un peu dommage de dire que Jacques est beau parce qu'il le croit déjà; il est vraiment prétentieux, mais j'avais trop envie de ridiculiser Mélanie.

Jean-François qui suivait la scène riait et il est venu manger son dessert avec moi.

Il achète souvent du chocolat. Moi, ma mère me donne toujours un fruit. Un fruit, quel ennui! Heureusement, Jean-François partage parfois avec moi. J'ai fini de manger le chocolat aux cerises; puis j'ai redemandé à Jean-François ce que son beau-père avait dit et pourquoi il ne voulait pas discuter avec lui.

— Il ne m'écoute pas quand je lui parle. Je le déteste. Je ne voulais pas que ma mère se remarie.

— Pourquoi s'est-elle remariée?

— Je ne le sais pas. Je ne comprends pas toujours ma mère.

— Tu n'es pas le seul. Si tu connaissais la mienne!

Jean-François baissa la tête quelques secondes puis il m'interrogea:

— Penses-tu vraiment que mon chat a pu s'empoisonner avec des résidus chimiques?

— Oui; si les poissons meurent dans les rivières à cause des déchets toxiques, je ne vois pas pourquoi les chats ne mourraient pas. Et ton chat a peut-être aussi mangé du poisson.

Jean-François me déclara:

— Alors, il faut empêcher mon beau-père de construire son usine. Sinon, il y aura encore plus de pollution!

J'étais abasourdie; Jean-François et moi étions télépathes. Je pensais exactement à la même chose que lui: empêcher monsieur Auclair de bâtir. Seulement, c'est plus facile de penser que de faire...

Jean-François sourit:

— Il faut le convaincre, c'est tout simple.

— Mais comment?

— On va lui envoyer une lettre anonyme.

Excellente idée! Nous avons composé la lettre:

«Monsieur, nous vous avertissons que nous sévirons si vous persistez à construire votre usine. Nous ne pouvons admettre ce nouveau danger écologique. Si vous passez outre à ce conseil, vous le regretterez.»

J'ai tapé la lettre sur la machine à écrire que nous avons au local de vie étudiante pour notre journal *Entrain*.

Trois jours plus tard, Jean-François m'a dit que son beau-père avait reçu la lettre, il avait sourcillé puis l'avait jetée au panier.

— Il faut trouver autre chose!

— On pourrait lui envoyer une rose noire.

— Une rose noire? Pourquoi? Voyons, Sophie, ce n'est pas du tout inquiétant.

— Tu crois? J'ai vu dans un film que les caïds de la mafia envoient des roses noires pour prévenir leur prochaine victime de ce qui l'attend. Une façon de lui dire qu'elle est condamnée. On pourrait joindre une lettre en disant que c'est le dernier avertissement. S'il croit que la pègre s'en mêle, ton beau-père devrait avoir peur.

— Tu n'as pas réfléchi. Quatre obstacles: premièrement, je ne sais pas si mon beau-père sait ce que symbolise la rose noire. Deuxièmement, cette histoire de cinéma est peut-être fausse. Troisièmement, je me demande où on pourrait acheter une rose noire: je n'en ai jamais vu par ici, c'est trop exotique – si cette fleur existe, je te le répète. Et enfin, pourquoi la mafia s'opposerait-elle à la construction de l'usine?

— Conflit d'intérêts.

— Si c'était vrai, ils seraient déjà entrés en contact avec lui. Tu n'as pas une autre idée? me demanda Jean-François en marchant.

Moi aussi, je me promenais de long en large, près de la porte de la cafétéria. Mélanie Hunt est passée à côté de nous en ânonnant – c'est assez normal puisqu'elle ressemble à une bourrique:

— C'est une nouvelle danse que vous essayez? L'aller-retour l'un vers l'autre? On dirait des poissons dans un aquarium!

J'allais répliquer quand Jean-François m'a attrapé le bras:

— Voilà l'idée! On va lui envoyer du poisson!

— Du poisson?

— Oui. Du poisson mort. Du poisson de la rivière, empoisonné. C'est écoeurant, tu ne trouves pas? Ce sera parfait!

— On va le poster?

— Non: il faut que mon beau-père reçoive le poisson à la maison: samedi soir durant la réception, devant tous les invités.

— C'est certain, ça ferait plus d'effet.

— Il y a une solution. On va payer un chauffeur de taxi pour aller porter le paquet. C'est moi qui paie, mais c'est toi qui demande au chauffeur d'aller à telle adresse.

— Pourquoi moi? C'est ton beau-père après tout!

— Justement: si mon beau-père pose des questions au chauffeur, celui-ci dira que c'est une fille qui a payé la course. Mon beau-père n'aura pas de soupçons puisqu'il ne te connaît même pas. C'est la seule solution.

Dire que l'idée m'emballait serait exagéré, mais je n'avais rien d'autre à proposer. J'ai accepté. Comme je devais rentrer tôt à la maison, c'est Jean-François qui est allé chercher le poisson. Il l'a emballé avec du papier d'aluminium et trois sacs de plastique; il n'y avait aucune odeur. On a placé une seconde lettre de menaces à l'intérieur du paquet:

«C'est vous qui avez tué ce poisson. Si vous ne cessez pas votre action destructrice, nous devrons prendre des mesures désagréables contre vous.»

Jean-François a eu la frousse parce qu'il s'était installé dans sa chambre, mais sans verrouiller la porte. Sa petite soeur a failli entrer. Comme elle s'étonnait qu'il la repousse, il lui a dit qu'il préparait une surprise pour Jennie: un dessin, qu'elle verrait une fois terminé. Jean-François ne sait pas si Alexandra l'a cru, mais elle n'a pas vu le paquet. Heureusement, sinon elle aurait pu tout raconter à son père. Toutefois, Jean-François dit qu'elle n'est pas du genre rapporteuse. Elle est seulement curieuse et aime suivre Jean-François partout. Ce qui n'est pas toujours pratique. Il a cependant réussi à sortir de la maison sans qu'elle s'en aperçoive; elle écoutait la télévision.

Il paraît que cela valait le coup de voir monsieur Auclair déballer le paquet. Le chauffeur de taxi a exigé, comme je le lui avais recommandé, de remettre le paquet en mains propres. Façon de parler; les mains du beau-père de Jean-François ne sont pas restées propres longtemps.

Il a déchiré le papier d'aluminium puis les sacs de plastique; quand il a réalisé ce que c'était, il était trop tard: l'odeur envahissait le salon. Les invités s'éloignaient de la table où reposait le paquet. Monsieur Auclair a sonné tout de suite Jennie qui a enlevé le poisson; mais elle est revenue quelques secondes après avec la lettre. Jean-François dit que son beau-père l'a lue très vite et a murmuré rageusement:

— Vraiment, ils exagèrent!

— Qui exagère? demanda madame Bordeleau, une invitée.

— Je ne sais pas. Je reçois des lettres de menaces. On voudrait que je renonce à construire l'usine.

— C'est peut-être les écologistes?

— Non. Ce serait étonnant. Ils ne m'estiment pas, mais ils n'emploieraient pas ces méthodes. J'aurais dû retenir le chauffeur de taxi et lui demander qui avait remis le paquet; mais je croyais que ce serait indiqué à l'intérieur. Bah… oublions ces mauvais plaisantins. L'usine sera tout de même bâtie. Ce ne sont pas ces menaces qui me feront reculer.

Jean-François me répétait:

— Tu vois ce qu'il a dit: que les menaces ne le feraient pas changer d'idée? Il faut vraiment l'effrayer la prochaine fois. On doit trouver une idée géniale.

Facile à dire. En tout cas, ce n'est pas ce jour-là qu'on a eu la fameuse idée. Car la cloche a sonné. J'ai vraiment l'impression qu'elle sonne toutes les fois que nous avons quelque chose d'important à faire. Pourtant il n'était pas encore une heure. À peine une heure moins vingt. Qu'est-ce qui se passait?

Réunion dans la grande salle. Tout le cours secondaire: le directeur avait une communication importante à nous faire. Les profs étaient là aussi. On nous a de nouveau parlé du «fléau de la drogue.» Moi, je n'en ai rien à faire de leurs discours sur la marijuana. Qu'ils en parlent avec ceux que ça intéresse!

On a perdu un quart d'heure de récréation afin d'entendre pour la nième fois qu'il est dangereux de fumer et de consommer de l'alcool. Parce qu'il y a aussi des élèves qui vont boire une bière durant l'heure du midi. Mais le plus grave, c'est qu'il y avait un trafic de drogues dures à l'école: de la cocaïne. Trafic est un bien grand mot à mon avis. C'est seulement une petite bande; et ce n'est pas parce que Jean-François a fumé une fois qu'il va fumer sans arrêt et finir ses jours complètement drogué.

Finalement, les mises en garde du directeur, les menaces de renvois, ont empiété sur l'heure du cours: j'étais contente parce que c'était le cours de français. Ma mère dit que je dois faire des efforts si je veux rédiger des travaux sur mes expériences quand je serai ingénieure; mais moi je dis que je les ferai écrire par quelqu'un d'autre. À chacun son métier. Jean-François et moi n'avons pas pu poursuivre notre conversation après le cours: il devait aller chez le dentiste avec sa soeur; ils n'ont pas pris l'autobus.

Chapitre V

Le lendemain, dans la cour de l'école, Jean-François m'a dit qu'il tenait la solution: faire à son beau-père ce qu'il fait aux animaux: l'empoisonner.

— L'empoisonner? Es-tu fou?

— Mais, Sophie, ce serait un petit empoisonnement. Qu'il soit seulement malade et comprenne ce que c'est que d'être intoxiqué.

— Mais si tu l'empoisonnes, il va se douter de quelque chose. Ou il accusera Jennie. C'est bien elle qui prépare les repas?

— Ah non! Il ne faut pas que Jennie soit mêlée à ça. Surtout pas Jennie!

— Pourquoi t'énerves-tu à propos de Jennie?

— Je ne m'énerve pas.

— Ah bon. Alors, tu as une solution?

— Non. Mais il faut faire vite; j'ai entendu mon beau-père discuter au téléphone; il doit rencontrer des agents du gouvernement la semaine prochaine.

Je m'étonnais:

— Ma mère ne m'en a pas parlé. Pourtant elle siège au comité de protection de l'environnement.

Jean-François rit tristement:

— Tu ne connais pas mon beau-père. S'il a reçu cet appel à la maison, c'est qu'il se croyait seul. Je suis certain que c'est louche.

Évidemment, Mélanie Hunt a remarqué que nous parlions à voix basse; elle est venue vers nous, s'est assise sur un banc à un mètre de l'endroit où nous étions; elle nous a regardés en rigolant bêtement. Nous sommes partis.

J'ai finalement accepté d'aider Jean-François; j'ai apporté de l'insecticide, du Cabaryl; c'est un produit que maman met sur ses rosiers pour les protéger des pucerons. C'est moi qui ai fourni le poison; car si Jean-François avait utilisé des poudres de son laboratoire de chimie, on aurait pu prouver que c'était lui, le coupable.

Nous sommes allés visiter le bureau de monsieur Auclair; comme il prend du café sans arrêt, nous avons mis de l'insecticide dans sa tasse. Il y a au moins quinze personnes qui passent dans ce bureau chaque jour. Monsieur Auclair ne saura pas qui soupçonner. Puisqu'il n'aura pas de

preuves, il ne pourra pas porter plainte.

Le jour suivant, Jean-François affichait une mine réjouie quand il est arrivé à l'école: son beau-père avait été très malade. Le médecin avait dit que c'était probablement un empoisonnement alimentaire. Pas un empoisonnement délibéré, bien sûr. Jean-François m'a dit qu'on allait recommencer. J'ai refusé! Si on répétait l'expérience, ce serait plus grave! Monsieur Auclair avait eu sa leçon, cela suffisait.

Jean-François haussa les épaules:

— Bon, très bien, puisque tu ne veux pas m'aider, je me débrouillerai tout seul.

— Qu'est-ce que tu feras?

— Je vais cacher une capsule de produit chimique dans sa voiture, en dessous de l'allume-cigare. Mon beau-père fume sans arrêt; quand il pressera sur l'allume-cigare, il pressera aussi sur la capsule et les gaz vont l'asphyxier immédiatement. Il y aura une explosion: ça ne laissera pas de trace.

Jean-François avait l'air très sérieux. S'il disait vrai? Il est très fort en chimie. Je me suis dit qu'il était devenu fou subitement et qu'il valait mieux ne pas le contrarier. J'ai fait semblant d'hésiter encore un peu, puis j'ai dit:

— Bon, d'accord, je vais te rapporter du Cabaryl. Mais cette fois, je ne vais pas avec toi au bureau de ton beau-père. Il va penser que c'est moi qui l'empoisonne s'il est toujours malade après mes visites.

Jean-François approuva et me remercia.

Pendant le repas, j'ai parlé beaucoup car je ne voulais pas que maman remarque mon inquiétude. Mon frère Pierre m'a demandé ce qui me faisait jacasser comme une pie. Je lui ai dit de se mêler de ses affaires et je me suis tue.

Parfois, quand j'entends Johanne Savard se plaindre qu'elle n'a pas de frère, je lui prêterais volontiers le mien! Mon frère peut bien trouver que je parle beaucoup; lui, il est presque muet. Une huître! Sauf avec son amie Isabelle: alors là, il peut passer des heures au téléphone. Le plus drôle, c'est qu'ils ne se racontent rien d'important; ils se répètent qu'ils se verront le lendemain ou le soir même. Passionnant, n'est-ce pas?

Je ne me suis pas endormie aussi vite que d'habitude; je pensais à Jean-François. Je n'ai trouvé qu'une solution: remplacer le Cabaryl par une poudre ressemblante mais inoffensive. Son beau-père ne s'empoisonnerait pas et Jean-François aurait tout le temps de reprendre ses esprits.

Il a eu l'air ravi quand je lui ai remis l'enveloppe contenant le «poison». «Tu es une vraie amie», m'a-t-il dit. Il a raison, je suis son amie; c'est pourquoi je ne veux pas qu'il fasse de bêtises. Il a décidé d'empoisonner son beau-père durant la fin de semaine car Jennie serait absente et ne pourrait être soupçonnée.

— Mais toi, Jean-François, tu seras suspect?

— Non, car je ne serai pas à la maison non plus.

— Et comme ce n'est pas ta petite soeur qui empoisonnera ton beau-père, je suppose que ce seront des fantômes?

—Presque… je vais mettre le Cabaryl dans la bouteille de rhum brun. Mon beau-père ne boit que du St. James. Tôt ou tard, durant ces deux jours, il se servira bien un verre.

— Il pourrait remarquer en versant l'alcool? Ou en regardant le fond de son verre?

— Non, il fera ce geste machinalement, il n'a aucune raison de se méfier. Tout sera bien dissous.

J'essayais de semer le doute dans l'esprit de Jean-François, mais il avait l'air bien décidé. Je lui ai souhaité bonne chance et lui ai demandé où il passerait la fin de semaine.

— Chez mon père. À Montréal.

— Tu le vois souvent, ton père?

Jean-François se mordit la lèvre, il regardait ailleurs:

— Ça dépend. Il est très occupé; c'est un homme d'affaires important et comme il habite Montréal, c'est un peu compliqué. Mais quand je le vois, on s'amuse très bien. Très bien.

— Tant mieux. Alors, on se revoit lundi?

— Oui. Merci encore.

Le vendredi, le dernier cours de l'après-midi en est un d'histoire ancienne. Mélanie Hunt est malheureusement à deux pupitres de moi; elle m'a fait passer un billet où elle avait écrit: «Alors, on écrit des lettres d'amour à Jean-François Turmel? Je t'ai vue lui remettre une enveloppe.» Je me suis sentie subitement rougir, mais ce n'était pas de gêne. Je lui ai répondu par un autre billet: «Mêle-toi donc de ce qui te regarde.» Elle a lu mon message, a blêmi mais ne m'a pas envoyé de réponse. Je l'ai croisée en sortant de la salle de cours et elle m'a lancé:

— Je vais dire à tout le monde que vous vous écrivez des lettres; j'ai bien vu votre petit jeu.

Je n'ai pas répliqué, je l'ai regardée comme si elle était un misérable ver de terre. J'ai continué mon chemin, sachant qu'elle me suivait, mais je ne me suis pas retournée. Il ne fallait pas que j'aie l'air d'attacher de l'importance à ce qu'elle avait dit. La vie est bien compliquée.

Chapitre VI

Lundi, je suis partie plus tôt pour l'école en espérant que Jean-François ferait de même. Nous nous sommes rencontrés à la correspondance; nous prenons tous les deux l'autobus 8 pour nous rendre à l'école; mais c'est par coïncidence qu'on s'est croisés en cet endroit. Autre coïncidence: sa petite soeur n'était pas avec lui car elle avait la grippe et était restée à la maison. On pouvait donc parler librement.

— Alors? Ton beau-père?

— Rien. Il était en pleine forme. Il n'a pas été malade.

J'ai mimé l'étonnement:

— Quoi? Mais c'est impossible!

— Je te jure! Tu ne t'es pas trompée de produit?

J'ai dit non, puis j'ai claqué des doigts:

— Je sais ce qui est arrivé; ton beau-père s'immunise. Il développe des anticorps contre le poison.

Jean-François m'approuva:

— Tu dois avoir raison. Il ne nous reste plus qu'à recommencer.

Je m'affolai:

— Recommencer? Tout de suite?

Il me rassura à moitié:

— Non. Je vais attendre la prochaine fin de semaine.

Puis il passa aux problèmes de physique, expliquant qu'il y avait des erreurs dans les données sur le mercure.

Je n'avais pas du tout la tête à parler physique, mais j'ai répondu:

— Encore? Notre balance doit être déréglée. Il faudrait en parler à madame Bastien.

— Je l'aime bien, madame Bastien. J'aimerais que ma mère lui ressemble un peu.

J'ai pouffé de rire:

— Ah oui? Tu serais obligé d'étudier tous les soirs. Comment est-elle, ta mère?

— Jolie. Elle a les cheveux noirs.

— Est-ce qu'elle est sévère?

— Non. Pas trop. Tant que j'ai de bonnes notes à l'école, j'ai le droit de faire ce que je veux.

J'allais lui dire que c'était différent chez nous; mais je me suis tue car Mélanie entrait dans l'autobus. Évidemment, elle s'est assise derrière nous pour entendre notre conversation. Nous n'avons plus dit un mot, cela va de soi. Elle nous a embêtés toute la journée. Je n'ai pas pu voir Jean-François une seule fois sans que Mélanie Hunt surgisse quelques pas plus loin. C'est pénible!

J'espère qu'elle ne continuera pas son petit manège toute la semaine; il faut vraiment s'embêter pour suivre les gens. Jean-François dit que sa soeur est moins bébé que Mélanie. Il m'a demandé du Cabaryl pour tenter encore une fois d'empoisonner son beau-père. J'ai voulu refuser mais il a reparlé de l'explosion de la voiture. Même si c'est du chantage, j'ai accepté de lui apporter du Cabaryl. Enfin, ce qu'il croit être du Cabaryl.

Je n'aime pas la situation: qu'est-ce qui va se passer quand Jean-François découvrira que j'ai changé la composition de la poudre? Peut-être qu'il ne voudra plus me parler. Pourtant, il faudra bien qu'il comprenne. J'ai tenté de le raisonner jusqu'à la fin de la semaine: son beau-père ne devait pas être aussi horrible qu'il le prétend; il nous avait très bien accueillis quand nous étions allés à son bureau. Et puis, il ne le gâterait pas tant s'il le détestait. Jean-François m'a répondu:

— Et mon chat? Et les poissons? Qui m'a parlé des dangers de la pollution?

— C'est moi, oui, mais ce n'est pas toujours à nous de nous en occuper. Nous avons fait ce que nous avons pu avec la lettre, le poisson et le Cabaryl. C'est suffisant.

Il n'y avait rien à faire, Jean-François s'obstinait. Vendredi, je lui ai apporté une enveloppe contenant de la poudre. J'ai sursauté quand je suis entrée dans la salle de cours: je croyais que tous les étudiants étaient partis manger; mais j'aurais dû me méfier: Mélanie Hunt était cachée derrière la porte. La peste! Heureusement, Jean-François avait eu le temps de glisser l'enveloppe dans sa poche.

La fin de semaine s'est écoulée tranquillement. J'ai joué au tennis avec mon frère, je dois avouer que son revers est meilleur que le mien; j'ai perdu 6-2. Je voulais jouer une autre partie pour me rattraper, mais Pierre avait un rendez-vous avec Isabelle. Il a toujours des rendez-vous avec elle; à la maison, on ne le voit presque plus.

Voilà maintenant trois mois qu'ils se connaissent, et on dirait qu'ils se sont rencontrés hier. Ils se regardent dans les yeux,

ils se prennent les mains, ils s'embrassent,
ils s'admirent. Isabelle contemple mon
frère comme s'il était la huitième merveille
du monde. Il n'est pas mal, mais Michael
Jackson est vraiment mieux. Ou même
Jean-François.

J'ai étudié un peu, mais je m'inquiétais
pour Jean-François. Je savais bien qu'il
était allé de nouveau chez son père à
Montréal; mais j'avais peur que monsieur Auclair finisse par découvrir que son

beau-fils «assaisonnait» le rhum et qu'il lui pose des questions. J'ai acheté du bicarbonate de soude afin que ma mère ne s'aperçoive pas que j'ai puisé dans sa boîte: c'est cela qui remplace le Cabaryl. Je trouve étrange que monsieur Auclair ne décèle aucun goût suspect; le soda, c'est quand même un peu salé. Pour la couleur, cependant, il n'y a pas de problème: Jean-François m'a dit qu'il boit son rhum avec du jus de citron ou d'orange.

Dimanche après-midi, je suis allée au cinéma voir *War Games* avec notre voisine. J'ai bien aimé même si je n'ai pas tout compris car le film était en anglais. Ça ne fait rien, j'adore les histoires d'ordinateurs. J'en voudrais un mais mon père dit que cela coûte trop cher. Il me répète: «Tu t'en achèteras un quand tu seras grande.» Le problème c'est que je le veux maintenant pas dans dix ans. Je serai bien avancée quand tout le monde saura travailler sur ordinateur: je serai en retard parce que j'aurai appris trop vieille!

C'est à ces choses que je pensais quand je suis entrée chez moi. Une mauvaise surprise m'attendait. Le directeur de l'école, monsieur Lemelin, était au salon avec mes

parents et ils n'avaient pas l'air de rigoler!
Ma mère est venue vers moi et m'a dit
gravement:

— Sophie, il faut que tu nous dises la
vérité.

Quelle vérité? Je me demandais pourquoi
ils faisaient tous des têtes d'enterrement,
mais j'ai dit oui quand même. Mon père a
poursuivi:

— Sophie, ta mère et moi sommes aba-
sourdis par ce que ton directeur vient de
nous dire. Nous croyons qu'il s'agit d'une
erreur. Il doit sûrement y avoir une
explication à tout cela.

«Une explication?» allais-je dire, mais
monsieur Lemelin a pris la parole:

— Sophie, tu est pourtant une de nos
meilleures élèves, est-ce vrai que Jean-
François Turmel et toi prenez de la drogue?

— De la drogue? Moi?

J'ai secoué la tête:

— Mais je ne comprends rien à ce que
vous dites. Je n'ai jamais pris de drogue. Et
ça ne m'intéresse pas, si vous voulez savoir.
Comment avez-vous eu cette idée stupide?

Maman soupira fortement:

— Sophie! Voyons! On ne parle pas
ainsi à son directeur. Excuse-toi.

Je me suis excusée, mais je le trouvais tout aussi ridicule.` Monsieur Lemelin me regardait fixement, pensant peut-être que j'allais baisser les yeux. Et pourquoi? Il a dit enfin:

— Mais, Sophie, qu'est-ce que Jean-François et toi échangez depuis deux semaines dans des enveloppes?

Chapitre VII

Mélanie Hunt! Le directeur n'avait pas besoin de me dire le nom de la rapporteuse. Je n'ai pas répondu: je n'allais pas trahir Jean-François. Et me mettre les pieds dans le plat puisque j'étais complice.

Ma mère a répété la question. Je lui ai dit que je ne pouvais pas répondre car j'avais fait une promesse! Mais je jurais que ce n'était pas de la drogue. Maman bouillait, mais papa lui a fait signe de se calmer. Il m'expliqua que je devais comprendre la situation. Parole d'honneur ou pas. Il voulait savoir ce que je manigançais avec mon copain. Qu'est-ce que Jean-François me remettait dans la cour de l'école? Sans réfléchir j'ai protesté:

— Mais ce n'est pas lui, c'est moi qui lui donne les enveloppes.

Le directeur et mes parents m'ont regardée avec surprise:

— Ainsi, ce n'est pas Jean-François qui apporte les enveloppes?

— Mais non.

Maman tourna la tête vers papa:

— Je te l'avais dit, André, j'ai bien cherché et je n'ai rien trouvé dans ses affaires.

Je me suis mise en colère:

— Quoi? Tu as fouillé dans mes affaires? Tu n'as pas le droit!

Je sortais du salon en courant quand papa m'a rattrapée par le bras:

— Sophie, nous savons que tu ne veux pas qu'on fouille dans tes effets personnels; mais nous n'avions pas le choix. Il s'agit de drogue, tu as l'air de l'oublier! Viens t'asseoir avec nous, je vais te raconter toute l'histoire. Et ensuite tu nous diras ce que tu remets à Jean-François.

— Non. C'est entre nous.

Papa me tapota le bras:

— Écoute d'abord, tu jugeras ensuite. Je sais que je peux me fier à ton bon sens.

Quand mon père me dit qu'il peut compter sur moi ou que je suis raisonnable, je sais qu'il va m'annoncer ensuite quelque chose de désagréable. Sa tactique de flatterie est cousue de fil blanc.

J'avais raison: papa n'avait rien de vraiment marrant à me raconter. Le comité des parents d'élèves était inquiet du problème de la drogue à l'école; il se demandait où les étudiants se procuraient la marchandise qu'ils revendaient ensuite à leurs camarades. Aussi, quand Mélanie a dit à monsieur Lemelin que Jean-François et moi échangions des enveloppes, le directeur a cru que nous étions mêlés au trafic. Il est venu voir immédiatement mes parents pour en discuter. Maintenant, je devais leur dire ce que je remettais à mon copain: quand, pourquoi et comment?

J'ai tiré une enveloppe de poudre que je gardais sur moi et je l'ai remise à mon père. Il a fait: «Oh!», imité par maman et le directeur.

— Vous pouvez le faire analyser, leur ai-je dit, mais je vous jure que c'est du soda. Du bicarbonate de soude, si vous préférez.

Papa goûta, fit la grimace, tendit l'enveloppe au directeur:

— Je crois que Sophie dit la vérité.

J'ai hoché la tête.

— Tu vas nous dire maintenant pourquoi tu remets cette poudre à Jean-François.

— Ça non. J'ai réglé votre problème de drogue, c'est tout ce que je peux faire pour vous.

J'ai croisé les bras en signe de défi. Je devais avoir l'air suffisamment décidée

puisque le directeur s'est levé:

— Bon, nous réglerons ce mystère plus tard. Puisqu'il ne s'agit pas de drogue…

Il est parti; papa et maman l'ont raccompagné jusqu'à la sortie. Je savais bien cependant que la question n'était pas définitivement close. J'ai pris les devants en leur jurant que je leur raconterais tout le lendemain, quand je reviendrais de l'école après avoir vu Jean-François. Ils ont accepté ce compromis. Avaient-ils le choix? J'aurais inventé une histoire s'ils avaient voulu me forcer à parler. Et forcer est un bien grand mot; je ne vois pas comment ils auraient réussi.

J'étais en train de mettre la table quand le téléphone a sonné. Maman a répondu:

— Allô?... Monsieur Lemelin?... Pardon? Mais non, vous avez bien vu que Jean-François n'était pas ici. Tout de suite... Je vous rappelle.

Puis elle a raccroché le récepteur rapidement, elle semblait inquiète et perplexe.

— Sophie, sais-tu où est Jean-François?

— Mais oui. Chez son père.

— Non, il n'y est pas. Le directeur vient de me téléphoner, il a voulu vérifier tes dires et rencontrer Jean-François et ses parents. Il n'y avait que monsieur Auclair à la maison. Il lui a dit que Jean-François devait passer la fin de semaine ici, avec nous. C'est aussi ce qu'il a dit à sa petite soeur.

— Mais Jean-François m'a raconté vendredi qu'il se rendait à Montréal chez son vrai père. Le directeur n'a qu'à téléphoner là-bas.

Maman a repris le téléphone, composé le numéro:

— Oui, monsieur Lemelin? Sophie me dit que Jean-François est chez son père à Montréal. Oui, c'est ça. Au revoir.

Elle s'est tournée vers moi:

— Tu ne trouves pas étrange que Jean-François ait raconté à son beau-père qu'il venait ici?

J'ai hésité:

— Je ne sais pas. Jean-François ne parle jamais avec monsieur Auclair; il ne l'aime pas. Et peut-être que monsieur Auclair ne veut pas que Jean-François voie son père.

Maman a soupiré:

— Pauvre enfant…

Nous nous installions à table quand la sonnerie du téléphone s'est fait entendre de nouveau. Quand maman a posé le récepteur, elle respirait un peu plus vite:

— Sophie, Jean-François n'est pas chez son père.

J'ai failli m'étrangler:

— Quoi? Mais où est-il?

— C'est ce qu'on voudrait bien savoir. Tu ne sais vraiment pas?

— Non. Il m'avait dit qu'il prenait l'autobus pour Montréal vendredi à cinq heures. Pourquoi est-ce qu'il m'aurait menti?

Jean-François avait ses raisons. Et moi, je perdais la raison à me demander où il était. Deux heures plus tard, nous étions toujours sans nouvelles de lui. Son beau-père est venu chez nous. Il avait l'air fatigué. Il m'a demandé de lui répéter ce que Jean-François m'avait dit. J'ai raconté l'histoire du voyage à Montréal. Monsieur Auclair a soupiré. Il a fait un signe de tête à maman. Celle-ci m'a demandé de sortir, d'aller lire dans ma chambre, par exemple.

J'avais envie de rester, mais je voyais bien qu'il était inutile d'insister. J'ai quitté le salon pour me blottir derrière la porte de la cuisine: je pouvais entendre ce que disaient mes parents. Le salon a un mur mitoyen avec la cuisine; aussi, si je collais bien mon oreille sur ce mur de bois et de plâtre, je pouvais saisir quelques bribes de la conversation. J'avais également pris soin d'utiliser un verre comme amplificateur: pour écouter «aux murs», c'est excellent. Il s'agit d'appuyer la base du verre (en vitre) sur son oreille et le côté ouvert, évasé du verre contre le mur: les sons semblent plus près, plus distincts.

J'ai appris ainsi que Jean-François ne

pouvait pas être chez son père: celui-ci vivait en Alberta depuis onze ans. Il avait à peine connu son fils et ne manifestait aucune envie de s'en rapprocher. Monsieur Auclair ajouta qu'il savait bien que Jean-François souffrait de la situation et qu'il le détestait, lui, son beau-père; mais monsieur Auclair affirmait que pour sa part, il aimait ce garçon. Il appréciait l'esprit combatif et ingénieux de Jean-François. Et il trouvait

heureux qu'Alexandra ait un grand frère. Seulement, monsieur Auclair devait avouer que leurs relations étaient tendues. Même si Alexandra essayait de les rapprocher, ils ne se parlaient pas. Trois ans auparavant, Jean-François avait tenté de mettre le feu à la voiture de monsieur Auclair.

— Qu'avez-vous fait? a demandé ma mère.

(Moi, j'ai une petite idée de ce qu'elle aurait fait si j'avais imité Jean-François: j'aurais été privée de télé, de sorties, de cinéma, de roulathèque pendant un an. Au moins un an.) Mais monsieur Auclair a répondu qu'il n'avait rien fait. Il ne voulait pas que Jean-François le craigne. Il pensait qu'il fallait être patient; son beau-fils finirait peut-être par l'accepter. Monsieur Auclair eut un petit rire:

— Seulement, c'est long. Il est si entêté. Mais je ne peux pas le lui reprocher.

Maman approuva:

— Non, vous l'êtes tellement vous aussi!

Papa l'excusa:

— Voyons, Évelyne…

Monsieur Auclair l'interrompit:

— Laissez, votre femme a raison. Elle fait allusion à l'usine, bien sûr. Vous allez être surprise. Je devais attendre le prochain conseil d'administration pour annoncer ma décision: je construirai effectivement une usine, mais le contrat de contrôle de la dépollution sera confié à votre comité. Ce sera à vous de choisir les méthodes de protection.

Maman était trop ébahie pour dire quoi que ce soit. Papa a demandé:

— Mais pourquoi ce changement d'orientation? C'est assez surprenant, vous avez toujours été opposé à la dépollution.

Monsieur Auclair protesta:

— Mais c'est faux! Vous vous référez sans cesse aux usines de Montréal. Il y a longtemps. On ne connaissait pas encore ces dangers. Et je n'étais pas le seul à prendre les décisions. Certes, j'aurais pu me montrer plus vigilant, mais...

Il n'a pas terminé sa phrase, a demandé s'il pouvait utiliser le téléphone. Quand il a raccroché le récepteur, il a expliqué à mes parents:

— Je me suis permis de donner votre numéro de téléphone; actuellement, le directeur appelle tous les élèves du cours de Jean-François. Peut-être est-il avec l'un d'eux?

— Oui, probablement, espérons, a dit maman. Mais, à propos de l'usine, vous avez vraiment changé d'idée?

— Mais j'avais décidé qu'on dépolluerait! J'avoue cependant qu'il m'est arrivé une chose étrange: j'ai reçu une lettre de menaces m'ordonnant de renoncer à construire une usine polluante. Je n'y ai pas porté attention. J'ai reçu ensuite un poisson mort; on m'annonçait des représailles. Le lundi, je reste au bureau toute la journée pour recevoir les techniciens, les architectes, les promoteurs, les employés, etc. Je vois au moins vingt personnes. Le premier lundi suivant la réception du poisson, j'ai été malade. Le médecin a diagnostiqué un empoisonnement alimentaire, mais je crois qu'il s'est trompé. Et c'est bien normal; il ne pouvait pas soupçonner une main criminelle. Moi si. J'ai fait analyser le contenu de ma tasse de café, ou plutôt ce qui en restait: on a découvert des traces d'insecticide. Je n'avais pas entièrement bu le contenu de ma tasse car je trouvais un goût étrange au café. Quand j'ai ressenti des douleurs, j'ai repensé à ma tasse de café et je me suis souvenu des avertissements. Mais qui pouvait m'avoir menacé?

Personne ne parlait. Maman rompit le silence:

— Aucun membre de notre comité, j'en suis certaine. Nous sommes tout de même des adultes et croyons à la discussion. La preuve, c'est que vous changez d'idée pour votre usine.

— Vous avez dit le mot juste, madame. Je pense qu'il y a seulement des enfants qui pourraient songer à des menaces et à une intoxication comme méthodes d'intimidation.

Chapitre VIII

J'ai réprimé un cri; les choses se gâtaient. J'ai tendu l'oreille pour entendre, même si j'avais peur. Monsieur Auclair devinait tout; il racontait que Jean-François et moi étions allés le voir à son bureau la journée où il fut malade. Maman clama:

— Monsieur! Qu'est-ce que vous voulez insinuer? Que ma fille aurait voulu vous empoisonner? Mais ce sont des enfants, vous l'avez dit vous-même!

Le beau-père de Jean-François n'était pas tout à fait d'accord avec ma mère:

— Plus vraiment, ils ont presque quatorze ans. Je dis que ce sont des enfants qui ont tenté de m'empoisonner: ce sont les seuls à avoir l'audace et la naïveté de le faire. C'est pourtant leur action, en partie, qui vous vaudra le contrat pour l'installation du dispositif antipollution.

J'avoue que monsieur Auclair m'était sympathique; il avait raison quand il disait que nous n'étions plus des enfants. On dirait que les parents ne veulent pas savoir que nous grandissons. Ils voudraient peut-être que je joue encore à la poupée alors que je pourrais avoir un bébé. Ce n'est pas que j'en veuille un, mais cela arrive tout de même. L'année dernière, il y a une fille de secondaire IV qui a quitté l'école à cause de cela. C'est vrai aussi qu'il se vend de la drogue à l'école. Heureusement que ça ne m'intéresse pas car je n'ai pas d'argent pour en acheter. Et j'imagine qu'il faut d'abord en acheter pour ensuite en vendre.

Je trouve exagéré et idiot que le directeur puisse croire qu'on trempe dans un trafic de cocaïne, Jean-François et moi! C'est absurde! Et je me demande bien qui a assez de fric pour acheter de cette fameuse poudre blanche! On peut lire dans les journaux que la cocaïne se vend 150 $ le gramme. (À ce prix-là, j'aimerais mieux acheter quinze disques.)

Même les plus vieux de seize ans qui travaillent les fins de semaine n'ont pas tant d'argent. Et ils veulent le garder pour autre chose. Mon frère Pierre, qui travaille chez McDonald, économise pour s'acheter une moto. Même si ma mère n'est pas d'accord. On verra bien. Après tout, c'est son argent, et Pierre me laisserait peut-être monter de temps en temps...

J'avais toujours l'oreille collée au verre et j'aurais bien poursuivi mon écoute; mais j'ai jugé qu'il valait mieux prévenir Jean-François avant que son beau-père ne le retrouve. Il fallait bien qu'on donne la même version de l'histoire.

Aussi curieux que cela puisse paraître, je craignais moins les réactions de monsieur Auclair que celles de mes parents. Monsieur Auclair n'avait pas l'air sévère; il semblait même prêt à tout pardonner. Je crois qu'il aime vraiment Jean-François. Je le lui dirai quand je le retrouverai. Mais où? Je n'avais qu'une solution: aller voir mon frère Pierre. Il a beaucoup de défauts, mais il est débrouillard; par ailleurs, je ne pouvais tout de même pas raconter l'histoire à mes parents. Je ne savais trop comment m'en tirer.

Quand Pierre m'a vue arriver sur le court de tennis, on ne peut pas dire qu'il rayonnait de joie. Parce qu'il était avec Isabelle. Je les dérangeais dans leurs confidences roucoulantes. Je me demande ce qu'il lui trouve: depuis qu'elle s'est fait friser les cheveux, elle ressemble à un caniche. Ça ne lui va pas du tout. Enfin, je n'étais pas là pour discuter coiffure; j'ai dit à Pierre que je devais lui parler immédiatement. Seul.

— Écoute, Sophie, je suis occupé. Reviens plus tard. Qu'est-ce qui te prend de venir me chercher ici?

— Il faut que je te voie tout de suite. C'est très grave.

À contrecoeur, il fit un petit signe à sa «sirène», l'air de dire: «Je m'occupe de ma petite soeur et je te reviens…»

Il m'énerve quand il agit ainsi: j'ai failli ne rien lui dire, mais j'étais trop embêtée. J'ai déballé toute l'histoire très rapidement. Quand j'eus terminé, Pierre s'est dirigé vers Isabelle qui l'attendait plus loin:

— Désolé, je dois passer à la maison. Mais on se voit au cinéma ce soir? Je vais te rappeler, de toute façon. Tu seras chez toi?

Après qu'il eut fini d'embrasser Isabelle, mon frère s'est frotté le menton comme s'il avait enfin de la barbe (je sais qu'il se rase en cachette pour qu'elle pousse plus vite), il m'a dit:

— Toi, on ne peut pas dire que tu brilles par ton intelligence. Ça t'arrive de réfléchir?

— Si c'est pour jouer au père que tu m'aides, on peut laisser tomber tout de suite.

— Non, calme-toi. Tu me demandes de t'aider, mais je ne suis pas bionique. Comment pourrais-je savoir où est Jean-François?

— Mais il faut bien qu'il soit quelque part!

— Tu as pensé à vos amis?

— Oui. Il paraît que le directeur a appelé tous les élèves du secondaire III et personne ne l'a vu.

— Et sa mère? Il ne serait pas avec elle?

— Non. Elle est en Floride.

— Pourquoi?

— Je ne sais pas. C'est plutôt Jennie, la bonne, qui s'occupe de Jean-François et Alexandra de toute façon. Même lorsque sa mère est là.

— Elle devrait savoir où est Jean-François puisqu'elle prend soin de lui? Je suppose que le directeur lui a déjà demandé?

— Mais non, Jennie est absente pour la fin de semaine.

Jean François s'entend bien avec elle?

— Oui. Il l'aime beaucoup.

Pierre s'écria:

— Jean-François est absent, Jennie est

absente, Jean-François aime Jennie: $1 + 1 + 1 = 3$: ils doivent être ensemble.

Pierre avait sûrement raison et je me trouvais idiote de ne pas avoir pensé à cela. Mais on ne progressait pas tellement: même si on savait que Jean-François était avec Jennie, on ignorait où elle était. Et seul monsieur Auclair devait le savoir. On ne pouvait tout de même pas le lui demander. Et il fallait faire vite car il penserait lui aussi à Jennie. Pierre me fit sursauter:

— Jennie, est-ce qu'elle n'est pas américaine?

— Non. Canadienne-anglaise.

— Mais elle est blonde, jolie? Très jolie?

— Elle est blonde, oui. (Mais ce n'est parce qu'on est blonde qu'on est jolie!)

Pierre m'a presque arraché le bras en me tirant derrière lui:

— Viens vite. Non, appelle plutôt les parents pour leur dire que tu es avec moi au tennis. Il ne faudrait pas qu'on te recherche toi aussi!

Je ne comprenais pas, mais j'obéissais: Pierre semblait sûr de ce qu'il faisait. J'ai été chanceuse: c'est papa qui a répondu au téléphone et il ne pose jamais de questions. Nous avons ensuite couru prendre l'autobus. Pierre pestait:

— Si j'avais ma moto, on serait déjà arrivés!

Dans l'autobus, Pierre m'a demandé si je pensais que Jean-François vendait de la drogue à l'école. Ah non! Mon frère aussi était tombé sur la tête! Je lui ai dit qu'on ne touchait pas à ça, ni lui ni moi. Pierre a sourcillé:

— Tu en es certaine?

— Oui. Mais pourquoi me parles-tu de drogue?

— Parce que je crois que Jennie en vend. Au bar «Bonnie and Clyde». Parfois.

— Tu y es déjà allé?

— Oui, mais ne le répète pas aux parents.

— Tu m'énerves, tu sais très bien que je tiens ma langue. Mais Jennie? Où est-elle?

— Chez Jacques. Enfin, je le crois. Jacques est le frère d'Isabelle. Elle le voit souvent.

Je ne savais pas qu'Isabelle avait un frère et je m'en fichais: l'important était de retrouver Jean-François. Nous avons eu de la veine, Jennie était chez Jacques. Quand nous sommes entrés dans l'appartement, Jean-François avait l'air furieux de me voir. Il a crié:

— Qu'est-ce que tu viens faire ici?

Moi qui m'étais donné tout ce mal! Même si j'étais soulagée de le retrouver, je ne l'ai pas laissé paraître; je lui ai dit ma façon de penser:

— Tu ne voulais pas que je sache que tu étais ici. Espèce de menteur! Tu n'es pas allé chez ton père!

Jean-François s'est jeté sur moi. Pierre a juste eu le temps de nous empêcher de nous battre. Il a expliqué la situation à Jean-François, lui conseillant de téléphoner immédiatement chez lui avant que monsieur Auclair ne prévienne la police.

— Mais pourquoi appellerait-il la police?

— Parce qu'il s'inquiète de ta disparition, espèce d'idiot! Si tu ne réapparais pas bientôt, il va lancer un avis de recherche. Et je ne crois pas que Jennie aimerait voir la police se mêler de ses affaires. Est-ce que je me trompe?

Jennie sourit légèrement:

— Oh no. Plous de probleme. J'ai vend plous. But, I had needed money last time, you know what I mean?

Pendant que Jennie et Pierre se parlaient, j'expliquais la situation à Jean-François:

— Ton beau-père a tout deviné; il est vraiment futé! Et large d'esprit: il a dit à ma mère qu'il n'y avait pas de quoi faire un drame, qu'il avait pris conscience des dangers de la pollution grâce à nous.

J'ai hésité avant de poursuivre:

— Il n'est pas si mal, ton beau-père. Moi, si mes parents ont la preuve que le bicarbonate de soude remplaçait le Cabaryl, je ne suis pas mieux que morte!

Jean-François m'interrompit:

— Pourquoi me parles-tu de bicarbonate de soude?

J'ai avoué à Jean-François que je l'avais trompé en lui affirmant depuis deux semaines que je lui remettais du Cabaryl.

— Mes parents sont assez sévères! Il faut qu'on invente une histoire car ils pensent qu'on vendait de la drogue à l'école! Ils sont fous! Je leur ai donné un sac de poudre pour qu'ils voient que c'est faux, mais...

En temps normal, il se serait mis en colère, mais dans les circonstances, cela l'arrangeait plutôt. J'ai aussi expliqué que monsieur Auclair croyait qu'on l'avait empoisonné même s'il n'avait pas de preuves.

Nous sommes rentrés juste à temps: maman mettait la voiture en marche pour venir nous chercher au club de tennis!

Quand elle a vu Jean-François, elle l'a serré contre elle. Je crois qu'elle était vraiment inquiète. Nous avons téléphoné tout de suite à monsieur Auclair qui est venu chez nous.

Quand il est arrivé, il avait un drôle d'air,

hésitant. Jean-François le regardait sans dire un mot. Monsieur Auclair aussi se taisait, mais il souriait un peu. Finalement, il a demandé à Jean-François s'il voulait bien revenir avec lui. Il a ajouté qu'Alexandra le réclamait. Jean-François a accepté de rentrer. (Je me demande bien où il serait allé de toute façon.) Avant de sortir, son beau-père nous a demandé où nous avions trouvé l'insecticide.

J'ai senti mes jambes mollir. Je n'ai pas eu le temps de dire quoi que ce soit, Jean-François m'a devancée:

— Sophie n'a rien à voir dans cette histoire; elle m'apportait seulement du bicarbonate de soude que j'ajoutais à l'insecticide. Je lui avais raconté que j'avais besoin de bicarbonate pour une expérience de chimie. Laisse-la tranquille.

Monsieur Auclair a répondu calmement:

— Mais je ne lui veux pas de mal, Jean-François. Calme-toi. Viens, nous reparlerons de tout cela à la maison.

Le lendemain, à l'école, Jean-François avait l'air abasourdi. Moi aussi. Son beau-père ne l'a pas puni! Moi, j'ai eu droit à un sermon même si Jean-François avait dit qu'il m'avait fait marcher. J'ai demandé à Jean-François s'il savait que Jennie vendait de la drogue.

— Oui, je m'en doutais. Mais ce n'était pas de mes affaires. Jennie est si gentille avec moi.

Il me semble que Jean-François a bien raison de se mêler de ce qui le regarde. Je lui ai malgré tout reparlé de son beau-père, même si je sais que ça l'embête: il faut bien qu'il sache que monsieur Auclair a dit qu'il l'aimait!

Ce que je me demande, c'est comment monsieur et madame Hunt réussissent à aimer leur fille! Mélanie est tellement désagréable; je dis toujours que c'est elle que nous aurions dû empoisonner!